LA SERRANA DE PLASENCIA

José de Valdivielso

RAZÓN
DESENGAÑO
SERRANA
ENGAÑO
JUVENTUD
HERMOSURA
HONOR
PLACER
ESPOSO
HERMANDAD (dos cuadrilleros.)
MÚSICOS

Sierra poblada de encinas, robles, tarayes, etc. En las eminencias de la izquierda se supone haber escondida una cueva de ladrones. Sobre las alturas de la derecha, la ciudad de Plasencia, con la mansión del ESPOSO. (Salen EL DESENGAÑO y LA RAZÓN, de Prisioneros, Por la izquierda.)

RAZÓN   Salid, rotas las prisiones,
    a la común luz del día.

    (Como que LA RAZÓN ayuda a salir de la prisión AL DESENGAÑO.)

DESENGAÑO   Por ti salgo, Razón mía,
    desta cueva de ladrones.
    Si me escapo del Engaño,
    el favor te serviré.
RAZÓN   Pesado estáis.
DESENGAÑO   Siempre fue
    muy pesado el Desengaño.
    Soy por eso aborrecido;
    como David, desterrado;
    como José, empozado,
    como Jacob, perseguido.

El Engaño lo trazó,
que, al lado de la Serrana,
me desnudó una mañana,
y mis ropas se vistió.
Echó un candado a mi boca,
y encerróme atado y mudo,
adonde pobre y desnudo
me aborreció aquesa loca.
Él, con la santa apariencia
del vestido que profana,
roba con esa Serrana
a los que van a Plasencia.
Pero allá me volveré,
patria, en fin, donde nací;
que, aunque ves que estoy así,
bien recibido seré;
que tengo deudos en corte
que son muy a par de Deos,
y si logro mis deseos,
tú verás cuanto te importe.
RAZÓN   Desengaño, pues que ides
a Plasencia, esa ciudad,
casa de placer de Dios
y clara visión de paz,
por el ofendido Esposo,
en llegando, preguntad;
decidle que la Razón
se le envía a encomendar;
decidle que la Serrana
tan mala vida me da,
que los ojos a Plasencia
aún no me consiente alzar;
que la hago siempre recuerdo
de su bien y de su mal,
de lo que puede perder,
de lo que puede ganar;
de lo que la persüado,
si bien es con voluntad,
es siempre puesto en razón;
pero no püedo más.

Que la aconsejo que llore,
pues es justo, su maldad,
y que le pida perdón,
pues sé que se la dará;
que la ruego que a él se vuelva,
que deseándola está,
y que airada me aborrece
y me ofende pertinaz
Decidle, si no me cree,
que baje a verme, y verá
a lo que sabe el azote,
el padecer y el llorar;
que como está con su padre,
que cuanto quiere le da
no sabe qué es mala vida;
que se humane y lo sabrá;
que, pues es tan poderoso,
hable a la Santa Hermandad
para que sus cuadrilleros
prendan esta desleal,
que, inducida del Engaño,
tras sus antojos se va,
donde buscando el Placer,
encuentra con el Pesar,
que si los quiere coger,
que yo le daré lugar,
aunque medio ciega estoy
en tamaña oscuridad.

(Dentro, LA SERRANA y LA JUVENTUD.)

SERRANA   ¿De qué sirven las bravatas?
Del caballo os apead,
o probaréis, juventud,
mis flechas.
JUVENTUD   ¡Quedo! Esperad.
RAZÓN   Huye, porque la Serrana
salteando alguno está.
DESENGAÑO   Adiós, Razón.
RAZÓN   Él te guía.

Si me ven, me matarán.

(Vanse. LA SERRANA, con capotillo y montera, ballesta y espada; EL
ENGAÑO, de labrador; LA JUVENTUD, de galán muy bizarro.)

JUVENTUD   Gozad de vuestros despojos,
        encanto desta floresta,
        que hacéis flores sus abrojos,
        pues más que con la ballesta,
        matáis con los bellos ojos.
        Ya la Juventud se nombra
        muy vuestro.
SERRANA   Muy mío seréis.
JUVENTUD   Vuestra belleza me asombra.
ENGAÑO   Como flor diz que nacéis,
        mas que huís como la sombra.
        Sois como ligera nave
        que de manzanas preñada
        surca por el golfo grave,
        que apenas dejó, pasada,
        el olor de ellas suave.
JUVENTUD   De la prisión mi alborozo,
        y de ser vuestro me gozo.
SERRANA   Juventud, muy vuestra soy.
ENGAÑO   Venid; que por hado os doy
        que tenéis de morir mozo.

(Lleva EL ENGAÑO a LA JUVENTUD.)

SERRANA   No tengo mal que temer,
        no tengo bien que esperar:
        lo gozado aborrecer,
        quiero de todo gozar,
        lo aborrecido matar.
        Prado ninguno divise
        que mi libertad no pise,
        ni haya en esa selva espesa
        caza que para mi mesa
        no se cace y no se guise.
        No haya flor que, enamorada,

en los lazos del cabello
no se alegre aprisionada;
ni fuente de cristal bello
que no me admire parada.
Mi libre gusto disfrute
gozos que siempre ejecute,
entre caricias y amores,
y la abeja de las flores
sus dulzuras me tribute;
entreténganme las aves
con no aprendidas sonadas
de villanescas süaves,
al son de las bien templadas
cuerdas de las plantas graves.
Hálleme el alba celosa,
con su dudoso esplendor,
entre el acanto y la rosa,
hurtos haciendo de amor,
que es la fruta más sabrosa.
Ya vivo sin esperanza
de más bienaventuranza,
con que de Dios me destierro,
añadiendo yerro a yerro,
con que irrito su venganza.
Pero ¿qué gente traviesa,
sin recelo ni cuidado
de ser robado o ser presa?
O mal el viento he tomado,
o es la Hermosura traviesa.
¡Hola, Engaño! ¡Engaño!
ENGAÑO   (Saliendo.)   ¿Qué hay,
mi salteadora Serrana?
SERRANA   Mira por ese taray
si es la Hermosura lozana.
ENGAÑO   Sí, y florida mosca tray.
SERRANA   Sal allá, mi intento ayuda.
ENGAÑO   ¿Soy vuestro perro de ayuda,
que animosa me azuzáis?
La Hermosura que esperáis
caerá en la trampa sin duda.

(Sale LA HERMOSURA, de camino, un galán cuanto bizarro pudiera y de buena cara.)

          Dios vaya con su esquinencia.
HERMOSURA   ¿Sois pullero?
ENGAÑO   Sí, señor:
     polla tengo, en mi conciencia,
     como una gansa, y mejor,
     y de más gansal presencia.
HERMOSURA   ¿Tenéis aquí gallinero?
ENGAÑO   Escuche, que yo lo ero;
     que entre estos robles y encinas
     tengo mis pocas gallinas,
     que me valen buen dinero.
HERMOSURA   ¡Oh, qué extremada ignorancia!
ENGAÑO   Basta que sea rocinable;
     que no es tanta la ganancia.
HERMOSURA   (Ganancia entendió.) Es notable
     su persona y su elegancia.
     ¿Hay gallo en él?
ENGAÑO   Como vos;
     tengo a veces más de dos,
     que, si celosos están,
     picadas y saltos dan,
     que es para alabar a Dios.
HERMOSURA   Alguna polla traed.
ENGAÑO   Espere, verá la polla
     que le saco a su merced.
     Honrarle podrá la olla.
HERMOSURA   ¿Dónde está?
ENGAÑO   Tras desta red.
     Echa acá esa polla, tía,
     de entre veinte o veinte y dos.

          (LA SERRANA, con la ballesta apunta.)

SERRANA   Haga luego cortesía,
     señor Galán, o, por Dios,

que he de usar mal de la mía.
No me responda ni hable.
ENGAÑO   ¿No es la polla rocinable,
y extremada mi ignorancia?
¿Qué le dice? ¿No es notable
mi persona y elegancia?
HERMOSURA (A LA SERRANA.) ¿Fingida no descaminas
del camino verdadero?
ENGAÑO   Entre estos robles y encinas
tenemos el gallinero;
mas son cual vos las gallinas.
HERMOSURA   Vuestro soy, bella Serrana:
suspended la mano hermosa.
ENGAÑO   Dice, Hermosura humana,
que es vuestra gracia engañosa
y vuestra hermosura vana.
Que sois muradar, de espesos
copos de nieve bordado,
con que deslumbráis traviesos,
y paño que, de brocado,
encubre un costal de huesos.
Que sois una gracia ajena,
de menos gozos que pena,
que atormenta al que regala;
perdición para la mala,
cuidado para la buena;
fruta en quien, si algún bien hay,
es primero que madura,
que después mil daños tray;
y en fin, que sois, Hermosura,
nonada, si el asno cay.
HERMOSURA   Poco de cortés se precia
quien la hermosura desprecia.
¿Quién eres?
ENGAÑO   Soy lo que veo.
HERMOSURA   No te entiendo.
ENGAÑO   Ya lo creo,
que fue la Hermosura necia.
HERMOSURA   ¿Vejamen tras la presión?
ENGAÑO   ¿Vejamen? Si es verdad pura

que en más de alguna ocasión
una misma cosa son
el Engaño y la Hermosura.
HERMOSURA (Aparte.)   En gran peligro me veo.
SERRANA   Hablarle a solas deseo.
ENGAÑO   Venid.
SERRANA   No vais temeroso.
ENGAÑO   Vos entráis mozo y hermoso,
    pero saldréis viejo y feo.

        (Lleva EL ENGAÑO a LA HERMOSURA.)

SERRANA   Ahora, que moza soy,
    quiero gozar mis madejas.
    Hermosura, tras ti voy,
    que cuanto de ti me alejas
    menos lejos de ti estoy.
    Mientras este furor dura,
    serás de mí regalada
    con caricia y con blandura;
    porque, después de gozada,
    ¿qué hermosura fue hermosura?
ENGAÑO   (Saliendo.)   Ya a su prisión llama gloria.
SERRANA   Con él me he de divertir.
ENGAÑO   Acábame de decir
    el suceso de tu historia.
SERRANA   Como te dije, el Placer
    a mi Esposo me robó:
    robada me despreció,
    sin dejarse apenas ver.
    Mil deleites engreídos
    me prometió imaginados,
    que los suspiré pasados,
    sin saber si eran venidos.
    Negué a mi Esposo la fe,
    que ofendido aun me pretende,
    y dísela al Placer, duende
    que se oye y no se ve.
    Violé de mi Esposo el lecho
    y su amor casto ofendí;

huí sus brazos, y aunque huí,
sé que me tiene en su pecho.
¡Ay, cuánto dejé en dejarle!
¡Ay, cuánto perdí en perderle!
¡No había cielo como verle,
ni había gloria como amarle!
ENGAÑO	Ya de verle desespera,
pues confiesas tu traición.
SERRANA	Si le pidiera perdón,
pienso dél que me lo diera.
De algunos soy persuadida
que a él me vuelva.
ENGAÑO	¿En tal pensaste?
Si la honra le quitaste,
¿dejárate con la vida?
Teme, pues, si no eres loca,
en tan honrados enojos,
los puñales de sus ojos,
los venenos de su boca.
SERRANA	Bien dices. Ya le ofendí,
ya sus caricias dejé;
en esta sierra me entré,
y estos hábitos vestí.
Al camino de Plasencia
(cielo que pude gozar)
salgo armada a saltear
con amorosa violencia.
Armo a alguno ocultos lazos,
tejidos de mis cabellos,
que, dando de ojos en ellos,
se los saco entre mis brazos.
En los labios de clavel,
de hermosura artificial,
pongo de miel un panal
más amargo que la hiel.
En las manos (ya la ves)
esta temida ballesta,
que más vidas y almas cuesta
que arenas pisan tus pies.
Encúbrome disfrazada

del capotillo y montera,
tanto, que ya de la Vera
la Serrana soy llamada.
Gozo así desconocida
de mis libres desatinos,
salteando en los caminos
quien me divierta mi vida.
Tú a buscar de comer vas
a la aldea alguna vez,
Engaño, aunque más de diez
malas comidas me das.
No quiero ya de Plasencia
ver el cielo deleitoso,
ni de mi ofendido Esposo
volver más a la presencia.
ENGAÑO   ¿Tan resuelta estás?
SERRANA   ¿Pues no?
        Obstinada me imagina.
ENGAÑO   Por allí un hombre camina.
SERRANA   Descaminaréle yo.
        Entre estas ramas veré
        quién el caminante sea:
        diviértele, no me vea.
                        (Escóndese.)
ENGAÑO   Mil simplezas fingiré.

        (Sale EL HONOR, un hombre muy galán, ricamente vestido.)

        Guárdeos Dios, galán pulido.
HONOR   ¿Quién os mete en eso a Vos?
ENGAÑO   Digo que no os guarde Dios:
        cátame aquí desmentido.
HONOR   Guárdeos Dios un labrador
        a un hombre de mi jaez,
        es no estimarme.
ENGAÑO   Otra vez
        yo traeré al saludador,
        que a saludarle me ayude;
        porque imagino que rabia
        caminante que se agravia

de que un hombre le salude.
HONOR Idos a destripar cantos.
ENGAÑO Y vos, ¿qué destriparéis?
HONOR ¿Al Honor no conocéis?
ENGAÑO ¿El Honor sos? ¡Santos! ¡Santos!
 ¡Adorámoste, señor!
 (De rodillas.)
HONOR Esos también son desprecios.
ENGAÑO ¿Pues no? (Levántase.) ¡Idolillo de necios!
 ¡Gitanillo burlador!
SERRANA (Con la ballesta.) Haga luego cortesía.
ENGAÑO ¿Quién os mete en eso a vos?
 ¿No queréis que os guarde Dios?
 Pues ahora ser podría.
HONOR ¿Qué es esto, hermosa Serrana?
 Advertid que el Honor soy.
SERRANA Es querer gozaros hoy,
 y quizá ahorcaros mañana.
ENGAÑO Lo que dice es lo que hace,
 y hace todo lo que dice;
 y si alguien la contradice,
 dispara el «quiescant in pace».
HONOR Alabo y precio mi daño.
SERRANA Para mi galán os quiero.
HONOR ¿Quién es este chocarrero?
ENGAÑO Con perdón, soy el Engaño.
HONOR ¿Conmigo te decompones?
 ¿A un amigo tal traición?
ENGAÑO Señor, quien hurta al ladrón,
 dicen que gana perdones.
HONOR Trátame mejor, Engaño.
ENGAÑO Engaño es el Honor, tía;
 aunque él engaña en un día
 más necios que yo en un año.
HONOR Ya vuestra prisión celebro.
SERRANA Llévale a la cueva.
HONOR ¿Cueva?
ENGAÑO Donde hay la culebra de Eva,
 donde os darán culebro.
SERRANA Es burlón; no temas tal

parte, Honor, que tras ti voy.
ENGAÑO   No le engaño, aunque lo soy.
          Habrá azote garrafal.
                    (Vanse los dos. músicos dentro.)
SERRANA   ¡Músicos!
MÚSICOS   (Dentro.)   Señora mía.
SERRANA   Cantad, divertidme un rato;
          que ausente el Placer ingrato,
          me causa melancolía.
MÚSICOS   (Dentro.) Por el montecico sola,
          ¿cómo iré?
          ¡Ay Dios! ¿Si me perderé?
          Entréme mal persuadida
          por el monte de la vida,
          donde temo la salida,
          por ver que la entrada erré.
          ¡Ay Dios! ¿Si me perderé?
          Contra mí misma peleo,
          temiendo lo que deseo,
          buscando lo que no creo,
          pues que me dejó y se fue.
          ¡Ay Dios! ¿Si me perderé?
ENGAÑO   (Saliendo.) Melancólica Serrana,
          deja los tristes discursos,
          que por aquella ladera
          vi pasar al Placer rubio.
          Vile cercado de amores,
          vile cercado de gustos,
          no ciego como le pintan,
          si bien hermoso y desnudo.
          La frente de tersa plata,
          el cabello de oro puro,
          las mejillas de dos rosas,
          los ojos de dos carbunclos,
          medio clavel cada labio,
          perlas los dientes menudos,
          y en cada parte, Serrana,
          parece que el amor junto.
          En aquel pradillo verde,
          donde el abril se tradujo

con sus flores y sus aves,
entre dos mirtos se puso.
Las flores, enamoradas,
se desatan de sus ñudos,
y deshojadas, codician
ser cortina al cuerpo ebúrneo.
El aura con blandos soplos
hace enamorados surcos
del ámbar del dulce aliento
mezclándole con el suyo.

SERRANA   O me burlas o me engañas.

ENGAÑO   Ni te engaño ni te burlo.

SERRANA   De tus alas y tus fuegos,
amor, contra ti me ayudo.

                    (Vase.)

ENGAÑO   Allá vas, simple paloma,
con amorosos arrullos,
cebada en los granos de oro,
a dar en el lazo astuto.
Verás la beldad que buscas,
vuelta gusanos inmundos;
«perlas, rosas, oro y plata,
horror, polvo, sombra y humo».
En vez del florido lecho
hallarás en el sepulcro
vivo arrepentimiento
y el fácil placer difunto.
Vas deslumbrada a buscar
lo que no alcanzó ninguno.
¡Ay de ti, si mis engaños
no son desengaños tuyos!

(Vase. Descúbrase en el carro de la derecha lo interior de la mansión del ESPOSO. Salen, al lado derecho, EL ESPOSO, LA RAZÓN Y EL DESENGAÑO.)

RAZÓN   Allá en Garganta la Olla,
en la Vera de Plasencia,
salteóme una Serrana
pelirrubia, ojimorena.

Recogidos los cabellos
debajo de una montera,
una ballesta en el hombro
y su espada en la correa,
a saltear caminantes
se sale por la ladera.
Quiso Dios y mi ventura
que me encontrase con ella.
Pensé que me respetara,
pensé que me conociera,
porque juntos nos criamos
en lo mejor de la Vera;
que me encontró una mañana,
cuando de entre oscuras nieblas
salía al alba de la vida,
admirada en sus bellezas,
tratóme bien, porque supo,
informada de quién era,
que en las montañas del cielo
tengo casa solariega.
Dábame siempre su lado,
dábame siempre su mesa
ni ella se hallaba sin mí,
ni yo me hallaba sin ella.
Mientras siguió mis consejos,
fue llamada de Plasencia
mujer de buena razón,
sabia, recogida, honesta;
hasta que el libre apetito,
con desenvoltura necia,
dio en encontrarse conmigo,
por revolverme con ella.
Representóle deleites,
gustos, regalos, riquezas,
mas todo representado,
como reyes de comedia.
Sobre decir mi Razón,
me miraba rostrituerta,
escondiéndose de mí...
¡como si posible fuera!

Siempre el Apetito y yo
andábamos en pendencias,
no queriendo él lo que yo,
ni yo lo que él.
ESPOSO   ¡Pobre de ella!
RAZÓN   Hasta que atrevido un día
me puso, con su licencia,
sobre ponerla en razón,
las manos en la cabeza;
y como herida me vio,
locamente desenvuelta,
os dejó por el Placer,
mancillando la honra vuestra.
Burlóla, y ella valióse
del capotillo y montera,
y con la ballesta al hombro,
se metió por esa sierra.
Yo, como la quiero bien,
salí en su busca, aunque enferma;
mas halléla tan perdida,
que fue mucho conocerla.
Tomárame por la mano,
y lleve árame a su cueva:
halléla llena, ¡ay de mí!,
de la gente que saltea.
Encontré al Entendimiento
entre ignorantes tinieblas,
muy caduca la Memoria,
la Voluntad muy ramera.
Vi la Esperanza perdida,
puedo decir que sin ella,
y si no muerta la Fe,
la santa Caridad muerta.
Vi la Religión sin alma;
a la Verdad vi sin lengua,
sin manos a la Piedad,
y sin pies la Diligencia.
Vi la Gula muy hinchada,
muy sucia y muy cocinera;
muy compuesta la Mentira,

la Lujuria muy ventera.
La Gracia vi muy sin gracia,
vi muy pobre a la Riqueza,
muy necia la Discreción,
a la Hermosura muy fea,
de sayal la Hipocresía,
a la Ignorancia de seda;
coplear la Necedad;
gracejar la Desvergüenza.
A deshora me llamó,
con cuidado descompuesta,
gracia añadiendo a sus gracias
y belleza a sus bellezas;
y asiéndome de la mano,
entre turbada y honesta
(mas ni honesta ni turbada,
que uno y otro fingió que era),
me dijo: Noble mancebo,
¿qué te turbas? ¿Qué recelas?
Llégate, que tuya soy:
sola estoy, a mí te llega.
¿Qué te turbas? ¿De qué huyes?
Enlázate en estas hebras...,
mejor es en estos brazos,
que te buscan y desean.
Tras esto quiso enlazarme,
como al olmo tenaz hiedra,
solicitándome en vano
con manos, rosas y perlas.
Del difícil laberinto
vencí las torcidas sendas,
con diligencia mañosa,
cegando una mujer ciega.
Yo corría como un gamo,
ella salta como cebra;
mas, quitándome la capa,
le di en los ojos con ella.
De ella huyendo, la Razón
se os ha entrado por la puerta
goce de su inmunidad.

Válgame, señor, la iglesia.
DESENGAÑO   ¿Cómo, ofendido señor,
    vuestra justicia severa
    a prender esa Serrana
    no sale por esa sierra?
    Segunda vez de los aires
    desate las nubes negras
    y sobre mares de culpas
    bajen diluvios de penas.
    Desciendan globos de fuego
    entre alquitranadas piedras,
    abrasando justamente
    sus atrevidas torpezas.
    Como a Datán y Abirón
    se abra la avarima tierra
    y en remolinos de llamas
    le sepulten sus cavernas.
    ¿Tanta paciencia, señor?
ESPOSO   Sí, que es de Dios la paciencia,
    y más y más ofendida,
    más y más sufre y espera.
    ¡Ay, acedo Desengaño,
    no sabes lo que me cuesta,
    no sabes lo que la quiero,
    pues así me hablas mal de ella!
DESENGAÑO   ¿Las ofensas atrevidas
    sufriréis de esa grosera?
ESPOSO   Sí, Desengaño, que amor
    es gran sufridor de ofensas.
    Duéleme a mí, y no me quejo:
    ¿no te duele a ti, y te quejas?
    Soy yo la parte, y perdono;
    tú no parte, ¿y la condenas?
    Si la traigo al alma asida,
    muerto de amores por ella,
    ¿heriréla sin herirme?
    ¿Sin matarme mataréla?
    Uno como azote harás:
    no digo que azote sea,
    que es mi alma, y si la tocas,

será darme en medio de ella.
En hábito de pastor
la busca donde saltea
que tras ti irá la Hermandad,
con no dañosas ballestas.
Verás (si prestare oídos
a mi Fe y tu Diligencia)
si me quiere o no me quiere:
¡ay, plega a Dios que me quiera!
Cuando hallares ocasión,
dirásle cuánto me deba,
mi cuidado, mi desvelo,
mi pasión y mis finezas.
Dile mucho de mi amor,
y aunque más le digas, piensa
que por más y más que digas,
que más por decir te queda;
que la busco, si me huye;
que la sigo, si me deja;
que aun ofendido la quiero;
que no tema, que no tema.
Dile que llorar sus culpas
no lo deje de vergüenza,
pero de que no las llore
será justo que la tenga;
que agua de ángeles me haga
de flores de penitencia,
que sola esta agua sé yo
que el agua de ángeles sea;
y si vieres que se empacha
de venir a mi presencia,
que se valga de mi Madre.
Pues que sabe cuanto pueda;
que hará nuestras amistades,
que tiene gracia en hacerlas,
y más con quien, como yo,
tan ansioso las desea,
DESENGAÑO   Voy a obedeceros.
ESPOSO   Mira
que sin ella no te vuelvas,

porque si sin ella vienes,
iré en persona por ella.
RAZÓN   ¿Cómo, ofendido, la amáis?
ESPOSO   Si ofendido no me hubiera,
¿qué mucho hiciera en amarla?
Vamos. ¡Ay Dios, quién la viera!

(Vanse todos. Ciérrase la mansión del ESPOSO. Sale EL GUSTO, huyendo de LA SERRANA, con una capa muy rica y plumas, y debajo va de MUERTE. Después, el ENGAÑO.)

SERRANA   Gusto amado, Gusto hermoso,
espera, pues me sacaste
de mi casa, y me robaste
a los brazos de mi Esposo.
De lejos te vi no más,
mas de cerca no te hallé:
junto a ti estoy, y no sé,
contentamiento, dó estás.
Los que te dejan persigues,
los que te buscan destruyes,
de los que te siguen huyes,
y a los que te huyen sigues.
No he encontrado sólo uno
que no te busque engañado;
mas sé de todos buscado,
que no te tiene ninguno.
Prometiste, no venido,
cuanto pude desear,
y fue al punto de llegar,
como si no hubiera sido.
Del que ruegas importuno
vuelas con presteza extraña;
que, aun teniéndote, se engaña,
si piensa tenerte alguno.
Mira, aunque los ojos ciegues
y más las almas abrases,
que para que no te pases
es menester que no llegues.
Pues cuando más cerca estás

del que, de ti enamorado,
va a abrazarte confiado,
no sabe por dónde vas.
ENGAÑO   (Saliendo.) Con el deleite delira
con quien Engaño la engaño,
porque no hay mayor engaño
que lo que es todo mentira.
Es su llegar no llegar,
es su querer no querer,
es su ser no tener ser,
es su placer su pesar.
SERRANA   (Al GUSTO.) Pues me ves loca por ti,
¿por qué el corazón no ablandas?
¿Cómo, si tras de mí te andas,
andas huyendo de mí?
Por fuerza te abrazaré,
Deleite, pues te he alcanzado.
¡Desemboza, porfiado!
¡Desemboza; abrázame!

(Tira de la capa y descubre un esqueleto, y desaparece EL GUSTO.)

¡Qué vestiglo tan extraño!
¡Qué amarillez! ¡Qué fealdad!
¡Qué mentira! ¡Qué verdad!
¡Qué engaño! ¡Qué desengaño!
¿Esto es lo que deseé
y lo que ciega seguí,
por quien mi Esposo perdí,
por quien el cielo dejé?
¿Estos los cabellos de oro?
¿Esta la frente de plata,
las mejillas de escarlata
y de perlas el tesoro?
¡Eres la estatua soñada
en que vi al Placer bizarro,
no sólo con pies de barro,
mas resuelto en pies de nada!
MÚSICOS   (Dentro.) No más amistad, amor;
que voláis al tiempo mejor.

ENGAÑO   Dime, burlada avecilla:
          ¿nunca has visto una nuez vana,
          podrida rubia manzana
          o amarga una peladilla?
SERRANA   ¡Traidor!
ENGAÑO   ¿Estaba yo dentro?
SERRANA   No, porque de fuera estabas,
          Engaño, cuando afeitabas
          ese cadáver que encuentro.
ENGAÑO   Viendo tamaños excesos,
          diré, señora engañada,
          que una mujer porfiada
          pondrá al más lindo en los huesos.
SERRANA   ¿En esto para el Placer?
          ¡Ay, belleza burladora!
ENGAÑO   Si es algo murmuradora,
          harto tendrá que roer.
SERRANA   ¡Ay, pensamientos aviesos!
ENGAÑO   ¡Oh, qué feo que ha quedado;
          de flaco que le ha dejado,
          le pueden contar los huesos!
SERRANA   ¡Cuánto amarga tu fealdad,
          breve gusto, pena larga!
ENGAÑO   Voto a san, que en lo que amarga
          se parece a la verdad.
MÚSICOS   (Dentro.) No más amistad, amor;
          que voláis al tiempo mejor.

   (A la derecha, EL DESENGAÑO por lo alto, de pastor, como que habla
con otro.)

DESENGAÑO   ¡Hola, hao, que vais errada!
          ¡Echad por esa otra senda!
SERRANA   (Aparte.) Esto es bien que de mí entienda.
DESENGAÑO   ¡Que vais ciega y engañada!
          Temed una cueva oscura,
          de daños y penas hecha:
          tomad a mano derecha,
          que, aunque angosta, es más segura.
          Temed la muerte, zagala,

en ese despeñadero.
SERRANA   Dejar esta vida quiero.
DESENGAÑO   Dejarla podéis, que es mala.
    Temed vuestra perdición,
    que no estáis dos dedos de ella.
    ¡Por acá, mozuela bella!
SERRANA   (Al DESENGAÑO.) ¡Hola, hao, bello garzón!
DESENGAÑO   ¡Hola, hao! ¿Decís a mí?
SERRANA   Sí, mi pastor, baja acá.
DESENGAÑO   Bien está el que en alto está,
    que anda al diablo por ahí.
SERRANA   ¿Con quién hablabas?
DESENGAÑO   Procuro
    que una moza como vos,
    que por mí, después de Dios,
    se libre de un lago oscuro.
    En el cual si resbalara,
    en cas del demonio diera,
    donde viviendo muriera,
    y muriendo no acabara.
SERRANA   (Aparte.) Parece que habla conmigo
    y que mi enmienda pretende.
DESENGAÑO   Entiéndame quien me entiende,
    que yo a quien me entiende digo
SERRANA   Baja acá, pastor hermoso,
    ángel quizá de mi guarda,
    que esta oveja inútil guarda,
    fugitiva de su Esposo.
DESENGAÑO   ¿No sabéis que la Serrana
    de la Vera de Plasencia,
    una moza sin conciencia
    y mujer, en fin, liviana,
    anda en Garganta-la-Olla
    con una ballesta al hombro?
SERRANA   Puedes perder el asombro.
DESENGAÑO   Si me sacude en la cholla...
SERRANA   No la temas más que a mí.
ENGAÑO   Receloso está el muchacho.
DESENGAÑO   Dicen que es un marimacho
    como vos, vestida así.

Y diz que anda acompañada
de un soplón, de quien reniego,
que se hace del tonto, y luego
pega linda manotada.
Mas ya ha salido a buscar
la Santa Hermandad los dos,
y si los pesca, pardiós,
que me los tién de mechar
con trece y con la maesa,
siendo el asador un palo,

ENGAÑO   (Aparte a LA SERRANA.) Malo, Serrana.
SERRANA   Y tan
    malo,
    que ya alguna me atraviesa.
ENGAÑO   (Al DESENGAÑO.)   Ya las nuevas han sabido,
    zagal, y voto a mi sayo,
    que más ligeros que un rayo,
    de la sierra se han huido.
    Bien puedes bajar seguro.
DESENGAÑO   No me engañen, por su vida.
    ¿Que la perdularia es ida?
    Júrenmelo.
ENGAÑO   Yo os lo juro,
    rapaz (que habéis de llevar,
                    (Aparte.)
    si os cojo, vuestro recado).
DESENGAÑO   Entre dientes lo ha jurado.
    Él lo tiene de jurar...
                    (A LA SERRANA.)
SERRANA   Juro por mi vida, amén...
    Mira que juro mi vida.
DESENGAÑO   ¿Que la perdularia es ida
    y el soplonazo también?
SERRANA   Digo que sí.
DESENGAÑO   Bajo, pues.
    No me engañen.
SERRANA   ¡Sustos vanos!
ENGAÑO   (Aparte.) A fe que, para mis manos,
    que hayáis menester los pies.

(Baja EL DESENGAÑO.)

SERRANA   (Aparte al ENGAÑO.) No le tienes de tocar,
        que si de Plasencia viene,
        de lo que a los dos conviene
        aviso nos puede dar.
        Venid, bello pastorcito.
DESENGAÑO   Los dos en buena hora estéis.
ENGAÑO   (Aparte.) ¿Yo soplón? Vos pagaréis,
        pues disteis en el garlito.
SERRANA   ¿Quién eres?
DESENGAÑO   Un zagal soy,
        del mayoral enviado,
        que con desvelo y cuidado
        tras una ovejuela voy,
        que, ciega y descarriada
        por ese pradillo verde,
        tras sus antojos se pierde
        de su rebaño olvidada.
ENGAÑO   Tengamos la fiesta en paz.
        No nos cuente alegorías.
        ¿Es la ovejuela de Urías,
        señor profeta rapaz?
DESENGAÑO   Déjeme hablar su merced.
ENGAÑO   Habla otras cosas, pastor.
DESENGAÑO   Pregúntame este señor,
        y respondo lo que sé.
        Muesa plática no impida.
ENGAÑO   (Aparte.) Como toro herido bramo.
DESENGAÑO   A buscar me envía mi amo
        esta ovejuela perdida
        que le digo, y a la he
        que si se deja buscar,
        que la he de hallar y llevar
        donde a su pracer esté.
ENGAÑO   Helo de echar todo a doce.
        ¡Bachillerejo!
DESENGAÑO   ¡Encenciado!
ENGAÑO   Atrevido.
DESENGAÑO   Descarado.

ENGAÑO   ¿Quién eres?
DESENGAÑO   Quien te conoce.
ENGAÑO   ¿Tú me conoces a mí?
DESENGAÑO   Mejor que tú, Sinón griego,
        red armada en el oído,
        lazo oculto junto al cebo,
        en los ojos basilisco,
        áspid ingrato en el seno,
        en los engaños sirena,
        en los gustos viborezno,
        disimulo de los años,
        de la fealdad lisonjero,
        fullero con buena capa,
        testigo de dichos hechos,
        hechizo en una manzana
        en que perdió Adán el seso,
        y con ingrata hermandad,
        autor del primer entierro;
        viciosa edad, que obligaste
        a llover mares al cielo;
        vino que al justo Noé
        descubriste deshonesto,
        y que hiciste al santo Lot
        suegro y yerno de sí mesmo;
        torre que, al cielo vecina,
        volviste huyendo del cielo;
        guisado que hizo Rebeca,
        manos de Jacob con vello;
        Labán, que, en vez de Raquel,
        das a Lía el noble yerno;
        regazo para Sansón,
        y para Sísara sueño;
        terrado de Betsabé,
        de David despeñadero,
        panal con dejos de absintio,
        cáliz con amargos dejos;
        camisa con que Jacob
        al vivo lloró por muerto;
        dureza de Faraón,
        a más milagros más ciego,

y sobre sus escuadrones,
deshelado mar Bermejo;
arrogancia de Holofernes,
soberbia del filisteo,
embriaguez de Baltasar,
presunción de fariseo.
Mira si te he conocido,
necio y padre de mil necios,
pues que no sólo las manos,
pero los pies en ti he puesto.

ENGAÑO   ¡Oh, qué elegante sermón!
Desengaño, por mi vida
que estoy por haber llorado,
a no tentarme la risa.
¡Oh, qué helada discreción!
¡Qué escura bachillería!
¡Qué gracia tan desgraciada!
¡Qué escritura tan traída!
Pues has dicho a la Serrana
quién soy con lengua atrevida,
Desengaño, no te enojes
de que quien eres la diga.
Sabrás, pues, Serrana hermosa,
que el Desengaño que miras
es el azar de los gustos,
es el susto de las dichas,
el agua va del placer,
la noche de la alegría,
el acíbar del deleite,
del descanso pesadilla,
un viejo que siempre gruñe,
necio que siempre porfía;
un triste que siempre llora,
enfermo que siempre grita,
portador de malas nuevas,
siempre estragador de días,
pronóstico del jüicio,
cantor del alma dormida;
espejo en que el más hermoso
abominable se mira,

pues que representa muerta
la hermosura más esquiva;
médico siempre medroso,
que desmaya en las visitas,
y que receta al doliente
siempre amargas medicinas;
letrado que al litigante
en las causas desconfía,
y que lo procura siempre
componer con la justicia;
teólogo escrupuloso,
que repara en niñerías,
y que nunca al penitente
le supo dar un buen día;
estatua que al caminante
siendo de sal muda avisa,
y que a los gustos pasados
no deja volver la vista;
becerro en polvos deshecho,
dados al pueblo en bebida;
vara que vela despierta;
olla que bulle encendida
por el templo del dios falso
disimulada ceniza;
mano que al rey Baltasar
le diste mala comida,
si muladar para Job,
estiércol para Tobías,
y del mal sufrido Jonás
planta desaparecida;
ceniza sobre la frente,
en las orejas saliva,
lodo encima de los ojos
y, en fin, verdad no creída.
Después de esto, Desengaño,
¿quién hay que tus pasos siga,
que tus avisos apruebe
ni tus consejos admita?
Cuando mucho, algunos pocos,
que del mundo se retiran,

que entre grutas, como fieras,
por los desiertos habitan.
Unos pocos religiosos,
amortajados en vida,
que apenas comen ni beben,
que apenas hablan ni miran;
cual y cual doliente, a quien
les das por onzas los días;
cual y cual preso, a quien ya
deudos y amigos olvidan.
Mas tras mí mira las cortes,
pueblos y ciudades mira,
cebados en mis engaños
y adorando mis mentiras;
el médico en sus galenos,
en sus baldos el legista,
el astrólogo en su esfera,
en su historia el cronista.
DESENGAÑO   Mira, lazo de ti mismo,
cueva en que te precipitas,
en los fines de los dos
tus hazañas y las mías.
Tú, después de niños gustos,
yo, después de penas niñas,
les das perdurable muerte,
les doy perdurable vida.
ENGAÑO   No marchites de esta dama
los abriles de su vida.
DESENGAÑO   Tú, Engaño, como quien eres,
el cielo la tiranizas.
ENGAÑO   Tengamos la fiesta en paz,
pues que la Serrana es mía.
DESENGAÑO   No es sino de su Esposo,
que por alma suya estima.
ENGAÑO   Ya le dejó.
DESENGAÑO   Él no la deja.
ENGAÑO   Ya le olvidó.
DESENGAÑO   Él no la olvida.
ENGAÑO   Ya no le quiere.
DESENGAÑO   Él la quiere.

ENGAÑO   Ella le huye.
DESENGAÑO   Él la cudicia.
ENGAÑO   Yo pienso, rapaz, que tengo
    de afeitaros las mejillas
    a bofetones.
DESENGAÑO   ¿A mí?,
    armador de zancadillas,
    fanfarrón, sal a lo raso,
    sal, arrogante Golías.
ENGAÑO   La vida voy a quitarte,
    si hallo a quien quitar la vida.
                    (Vanse los dos.)
SERRANA   ¡Ay, navecilla cuitada,
    de dos vientos combatida,
    que entre bramadoras ondas
    remolinando vacilas!
    Sin duda el paciente Job
    por esta guerra decía
    que era la vida de un hombre
    una perpetua milicia.
    Uno que le siga, quiere,
    quiere el otro que le siga;
    el uno que al otro deje
    y los dos me martirizan.
    Uno promete y no cumple,
    el otro halaga y castiga;
    desanímame el Engaño,
    el Desengaño me anima.
    Mientras los dos en el campo
    la pendencia determinan,
    quiero tomar mi ballesta,
    quiero seguir mis desdichas.
ESPOSO   (De pastor, canta dentro.) Salteóme la Serrana
    junto al pie de la cabaña.
SERRANA   Quien canta junto al ladrón
    la bolsa lleva vacía;
    pero quizá lo que canta
    podrá ser que llore y gima.
ESPOSO   (Canta.) Junto al pie de la cabaña
    donde guardo mi ganado

salteóme el corazón,
que me hirió por el costado.
Cuando me mate, ¿qué importa?
moriré de enamorado;
y verá en tantas finezas
que la quiero y que me mata
junto al pie de la cabaña.
                    (Sale poco a poco.)
SERRANA   No me pesa de mirar
al pastor; buen talle tiene;
si es que a enamorarme viene,
dejaréme enamorar.
Quiero su amor escuchar,
que, en efecto, no hay mujer
que le pese de saber
que es querida, y que en rigor,
cuando no pague el amor,
le deje de agradecer.
Los cogollos de las palmas
me parecen sus cabellos,
y que están gozosos de ellos
pendientes racimos de almas.
Jacintos vierten las palmas
de las manos, que oro son.
Recibe, ¡oh bello garzón!,
que para enjugar te envío
las escarchas del rocío,
suspiros del corazón.
De uno y otro hermoso aroma
las mejillas me parecen,
que entre rosas amanecen,
de donde el alba las toma.
Los ojos son de paloma:
bien es que en verlos te asombres
y que dos soles los nombres,
y que, con celo amoroso,
digas que es el más hermoso
de los hijos de los hombres.
Más cerca, más me enamora.
                    (Apúntale.)

¿Quién va allá?
ESPOSO   Si va.
SERRANA   ¿Quién es?
ESPOSO   Quien es.
SERRANA   (Aparte.)   No sé qué en él miro
        que me hace temblar y arder.
ESPOSO   ¿Qué es esto: prender o herir?
        Que si herir o prender es,
        no es nuevo por vos, Serrana,
        dejarme herir y prender.
        Por vos afirmaros puedo
        que aquesta sierra bajé,
        para ser lo que no era,
        aunque sin dejar mi ser.
        Tirar con ballesta Amor
        no lo he visto yo otra vez,
        ni con flechas en los ojos,
        como vos, dama, lo hacéis.
        No tiréis al corazón;
        advertir que estáis en él,
        y os heriréis por herirme,
        por matarme os mataréis.
        Si queréis que blanco sea,
        por blanco me quedaré
        adonde, sin estar ciega,
        sin ojos tire la fe.
        Si os vengo a buscar, Serrana,
        y de amor muerto me habéis,
        ¿Cómo huiré de vuestras flechas,
        que clavado me tenéis?
        Entre escarchas y entre hielos,
        ¡qué noches por vos pase!
        Herido ha ocho días que os busco,
        sin haber hecho por qué.
        ¡Qué trabajos! ¡Qué desvelos!
        ¡Qué llorar! ¡Qué padecer!
        ¡Qué, desde niño, llamarme
        perdido de bien querer!
        ¡Tras verme por vos vendido,
        verme vendado también;

que por desnudo y vendado
pude al amor parecer!
SERRANA   Para robar corazones
no sé, Pastor, qué tenéis,
y paréceme, sin duda,
que sois más que parecéis.
Soy con armas la vencida;
vos, sin ellas, me vencéis;
salteadora, os dejo libre;
no salteador, me prendéis.
La ladrona es la robada,
robador quien no lo es;
yo, con ballesta, la muerte;
matáis vos; no la tenéis.
Si sois pastor, Buen Pastor,
pues como ovejuela erré,
a esta ovejuela perdida
a vuestro aprisco volved.
Si samaritano sois,
vino y aceite poned
en mis mortales heridas,
que sin duda sanaré.
Si sois juez que me busca,
en vos miro no sé qué
de jüez apasionado;
segura a jüicio iré.
Si sois rey, porque sin duda
esa presencia es de un rey,
pues perdonar es de reyes,
¡perdón, señor, yo pequé!
Si sois padre, padre amado,
alas los brazos haced;
mirad que el pródigo vuelve
tan roto como le veis.

                    (Préndela EL ESPOSO.)

ESPOSO   Tu Esposo ofendido soy.
¡Ay, enemiga mujer!

¡Aquí de los cuadrilleros!
¡La salteadora prended!
                (Salen dos Cuadrilleros de la Hermandad).
HERMANDAD   Daos a prisión, la Serrana.
SERRANA   ¿Qué más presa me queréis?
ESPOSO   Cuerdas y lazos de Adán
    al cuello y manos poned.
    Ya en mis manos has caído.
SERRANA   ¿Dónde pude yo caer
    mejor que en manos de Dios?
    Si confieso que pequé,
    caída en ellas, Señor,
    sé que me levantaréis.
ESPOSO   Será a un palo.
SERRANA   Yo confieso
    que está mi remedio en él.
ESPOSO   Sacadla luego al camino,
    y en un palo la poned.
    Poneos con Dios bien, Serrana.
SERRANA   Ponedme vos con vos bien.
    ¿Tanto rigor, dulce Esposo?
ESPOSO   Sí, que todo es menester
    con un alma desleal,
    que me ofendió y se me fue.
SERRANA   A ver las lágrimas mías
    siquiera, señor, volved.
ESPOSO   ¿Cómo podré no ablandarme
    si lágrimas llego a ver?
    Quitádmela de delante.
CUADRILLERO Venid, y no le indignéis.
                    (Llévanla.)
ESPOSO   Si me lloras, no lo dudes,
    muy parte será el juez.
    No hayas miedo, no, Serrana,
    que aunque más culpada estés,
    que te condene si lloras;
    llora, yo te salvaré.
                    (Sale EL DESENGAÑO.)
    ¡Desengaño?
DESENGAÑO   Señor mío,

datos quiero el parabién
de que la ingrata Serrana
aprisionada tenéis.
ESPOSO   El que me das te retorno,
de que con vencedor pie
quebrantaste la cabeza
de esa serpiente cruel.
DESENGAÑO   Por estas cuestas abajo
corrido va a más correr,
huyendo como el impío
sin ir ninguno tras él.
ESPOSO   A castigar la Serrana,
Desengaño amigo, ven;
que he de ponerla en un palo.
DESENGAÑO   ¿Vos ponerla en palo?
ESPOSO   ¿Pues?
DESENGAÑO   Conozco vuestros castigos
y vuestros fueros también,
y sé que unos y otros son
de un Dios que la quiere bien.
¿Cuándo os pasan de los labios
las amenazas que hacéis?
¿Con la espada entre los dientes
no os vio Sant Juan una vez?
Si llora dos lagrimitas,
perdonadme, apostaré
que por cinco mil heridas
y más el alma se os ve.
ESPOSO   Ven, que la Santa Hermandad
querrá ya justicia hacer
della. Vamos.
DESENGAÑO   Ahí os duele.
ESPOSO   ¡Y cómo! Ven presto, ven.

(Vanse. Sale EL ENGAÑO, descalabrado y roto y sin manto. Dentro, los cuadrilleros, LA SERRANA y EL ESPOSO.)

ENGAÑO   Siempre salgo triste yo,
las manos en la cabeza,

derrostrada la belleza,
que la mentira afeitó.
La capa se me cayó
que de la Verdad hurté
cuando desnuda se fue
al cielo huyendo de mí;
della mi fealdad cubrí,
con que mil necios burlé.
Rompiómela el Desengaño,
y quedé tan necio y feo,
que aun yo, de que así me veo,
de quien soy me desengaño.
De rabia el rostro me araño
de que a mí, que al cielo di
miedo, cuando en él me vi,
injuriase un rapazuelo.
¡A mí, que nací en el cielo
y que casi otro Dios fui!
Quiérome al cielo volver,
sus columnas trastornar,
sus venturas eclipsar,
sus glorias entristecer.
Los órdenes revolver,
que puso en sus hierarquías;
dejar sus sillas vacías
de luceros y de estrellas,
ocupar la mejor de ellas
y hacer que ocupen las mías.
Mas pues en la cueva está
la Serrana que cegué,
en ella me vengaré
del que afrentado me ha.
Ella me lo pagará.
Hermosura de la Vera,
Serrana, sal acá fuera,
porque pasa un caminante
nacido para tu amante.

HERMANDAD (Dentro.) ¡Muera la Serrana! ¡Muera!
ENGAÑO   ¿Qué voces son las que escucho?

HERMANDAD (Dentro.) Ballesteros, a tirar,
          que ya está puesta en el palo
          la Serrana desleal.
          ¡Muera con ella el Engaño!
ENGAÑO   ¡Pesar del cielo, y pesar
          de mí! La Serrana es presa
          y querránla asaetear.
SERRANA   (Dentro.) Atada al palo, ¡ay de mí!,
          tiempo es de decir verdad.
          Pequé, Señor, y mis culpas
          vuelvo humilde a confesar.
          La justicia que en mí hacéis
          respecto de mi maldad
          viene a ser misericordia,
          que aun castigando la usáis.
          El corazón en dos fuentes
          consagro a vuestra piedad.
          Miradle con buenos ojos,
          y sí haréis si le miráis.
          ¡Pequé! ¡Perdón, dulce Esposo!
HERMANDAD (Dentro.) Ya no hay lugar.
ESPOSO   (Dentro.)   Sí hay lugar.
          porque para llorar culpas
          nunca fue tarde jamás.
HERMANDAD (Dentro.) Justicia de la Serrana
          hace la Santa Hermandad.
          Quitaos de en medio, o, las flechas
          advertid que os clavarán.
          ¡Muera, muera la Serrana!
SERRANA   (Dentro.) ¡Ay, Jesús!
ESPOSO   (Dentro.)   No morirás,
          pues me he puesto de por medio.
SERRANA   (Dentro.) ¡Triste yo, que herido os han!
HERMANDAD (Dentro.) Perdonad, somos mandados.
ESPOSO   (Dentro.) La justicia ejecutad.
SERRANA   (Dentro.) En vuestros pies, pecho y manos,
          las flechas temblando están.
ENGAÑO   ¿Adónde podré esconderme,
          cómplice de su maldad,
          si a la justicia del cielo

no hubo seguro lugar?
Del carro de las tinieblas
me valdrá la oscuridad.
VOCES   (Dentro.) ¡Prended, prended al Engaño,
que huyendo por allí va!

(Descúbrese, a la derecha, a LA SERRANA, con un palo para asaetearla, y EL ESPOSO delante, como defendiéndola, con flechas en las manos, en los pies y en el pecho; y los ballesteros con ballestas. MÚSICOS.)

MÚSICOS   (Cantan.) Señor, aunque estas saetas
han sido mi redención,
me dan en el corazón.
SERRANA   Fuera yo, Señor, la herida,
que son de muerte las vuestras.
ESPOSO   Pues que dolor dellas muestras,
Alma, llámalas de vida;
que no verás en mi herida,
donde vida no te doy.
MÚSICOS   (Cantan.) Señor, aunque esas saetas
han sido mi redención,
me dan en el corazón.

(Sale EL DESENGAÑO, con ballestas.)

DESENGAÑO   A la entrada de la cueva,
de sombra cercada y miedos,
en sí mismo tropezando,
cayó el Engaño hechicero.
No así la espumosa fiera
se arroja el irlandés perro,
como se arrojan sobre él
tus valientes ballesteros.
Transformóse en varias formas
el engañador Proteo;
mas, a pesar de su astucia,
en un palo le pusieron.
Escupe al cielo blasfemias,
mas es escupir al cielo,
siendo con sus mesmas armas

homicida de sí mesmo.
Temiendo no se les vaya,
aunque cargado de hierros
(que no hay engaño seguro,
pienso que aun después de muerto),
de las certeras ballestas
disparan flechas de fuego
a quemarle el corazón,
atravesándole el pecho.
Miradle, eterno Señor.

(De la otra parte se descubre una boca de infierno, y en medio della EL
ENGAÑO, con saetas por todo el cuerpo, y si pudiesen ser con invención
de fuego, mejor.)

ESPOSO   En el corazón me alegro
        de mirar ajusticiado
        a ese salteador soberbio.
HERMANDAD   Muerto el Engaño, seguro
        queda el camino del cielo.
SERRANA   Y más si vos le enseñáis,
        dulce Esposo, en alto puesto.
ESPOSO   Yo descenderé a su cueva,
        donde, con divino esfuerzo,
        saldrán, rotos sus cerrojos,
        muchos de sus prisioneros.
HERMANDAD   Cuando la Santa Hermandad
        ajusticia alguno déstos,
        caridad de pan y vino
        acostumbra a dar el pueblo.
ESPOSO   Bien habéis dicho, Hermandad:
        caridad soy, y dar quiero,
        en vez de vino, mi sangre,
        y, en lugar del pan, mi cuerpo.
        En la tienda de la Iglesia,
        armada en ese desierto,
        mi cuadrillero mayor
        lo repartirá.
DESENGAÑO   ¿Quién?
ESPOSO   Pedro.

HERMANDAD   La Serrana de la Vera
            se vuelva a su amor primero,
            pues la perdona la parte.
ESPOSO   ¿Que la perdono? Y la quiero.
            En mi plato y en mi copa
            todo me doy, y me quedo.
            Come y bebe.
DESENGAÑO   Dando fin
            a la Serrana con esto.